戸渡阿見　絵本シリーズ

わんこそば

作 ● 戸《と》渡《と》阿《あ》見《み》

絵 ● いとうのぶや

盛岡駅《もりおかえき》にキャンピングカーを停《と》めて、
わんこそばの店《みせ》に入《はい》った。

店《みせ》に入《はい》ると、お姉《ねえ》さんが漆塗《うるしぬ》りのお椀《わん》を出《だ》してくれた。
このお椀《わん》に、一口分《ひとくちぶん》のお蕎麦《そば》が次々《つぎつぎ》入《はい》るらしい。

おそるおそる、そのお椀《わん》の蓋《ふた》を開《あ》けた。
するとお椀《わん》の底《そこ》に、
金泥《きんでい》で描《か》かれた犬《いぬ》の顔《かお》があった。

「わあ、これがわんこそばか」

ぼくは、なんだか恐《こわ》くなって、急《きゅう》に蓋《ふた》を閉《し》めた。

別《べつ》のお姉《ねえ》さんが来《き》て、
「蓋《ふた》を開《あ》けて下《くだ》さい」と言《い》うので、
おそるおそるまたお椀《わん》の蓋《ふた》を開《あ》けた。

すると、今度《こんど》はお椀《わん》の底《そこ》に、
あざやかな金泥《きんでい》で女性《じょせい》の陰部《いんぶ》が描《か》かれてあった。
「わあああ、これが○んこそばかあ」

しばらく見《み》とれていると、さっきの姉《ねえ》さんが来《き》た。
「そこに、やく味《み》を入《い》れて下《くだ》さい」と言《い》って、
無《ぶ》愛想《あいそう》に隣《となり》のテーブルに去《さ》った。

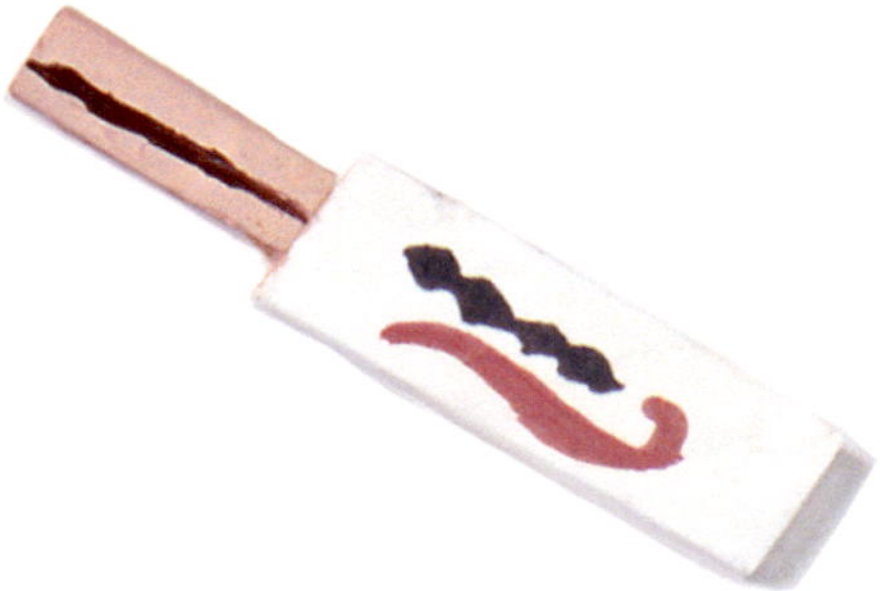

もみじおろし、白《しろ》ゴマ、焼《やき》のり、だいこんおろし、
次々《つぎつぎ》とお椀《わん》にやく味《み》を入《い》れると、
金泥《きんでい》の○んこは見《み》えなくなった。

ぼくは、淋《さび》しくなってボーとしていたが、
ハキハキした姉《ねえ》さんの声《こえ》に、ハッとわれに返《かえ》った。

「今《いま》からどんどん、ジャンジャン、お蕎麦《そば》を入《い》れます」

もう、お蕎麦《そば》を入《い》れるのか。
ぼくは気《き》になったので、
もう一度《いちど》箸《はし》でやく味《み》を除《よ》けてみた。
すると、お椀《わん》の底《そこ》はいつの間《ま》にか、
金泥《きんでい》のうんこの絵《え》になっていた。

「わああ、これがうんこそばか……」

驚《おどろ》いたぼくは、

急《いそ》いでそれをやく味《み》で隠《かく》した。

その時《とき》から、お姉《ねえ》さんがどんどん蕎麦《そば》を入《い》れ始《はじ》めた。
「はいどんどん、じゃんじゃん、もっとー、頑張《がんば》ってー」
という掛《か》け声《ごえ》とともに、蕎麦《そば》がだしと一緒《いっしょ》に入《い》れられる。
量《りょう》は少《すく》ないが、おだしを飲《の》むと腹《はら》はふくれる。
だから、お椀《わん》にたまったおだしを捨《す》てながら、
ぼくは夢中《むちゅう》で蕎麦《そば》を食《た》べ続《つづ》けた。
十五杯《じゅうごはい》で、ざる蕎麦《そば》一杯分《いっぱいぶん》らしい。

結局《けっきょく》、百八杯《ひゃくはっぱい》食《た》べた。
しかし、その間《あいだ》、
お椀《わん》の底《そこ》の絵《え》は変《か》わらなかった。

金泥《きんでい》のうんこ絵《え》とともに食《た》べた蕎麦《そば》は、
うんこのぬくもりの味《あじ》がした。
とてもおいしかった。

満腹《まんぷく》でおなかをたたいていると、
お姉《ねえ》さんは百八杯《ひゃくはっぱい》食《た》べたという、
お店《みせ》の認定《にんてい》カードをくれた。
帰《かえ》り際《ぎわ》に、眼鏡《めがね》をかけた女性店長《じょせいてんちょう》が現《あら》われ、
木《き》でできた通行手形《つうこうてがた》をくれた。

そこには、
「わんこそば百八杯《ひやくはつぱい》！
みごとに平《たい》らげました。
立派《りつぱ》です」と書《か》かれてあった。

店《みせ》の名前《なまえ》をよく見《み》ると、
盛岡妖怪《もりおかようかい》そば処《どころ》、
「わうんこそば屋《や》」と刻印《こくいん》されていた。

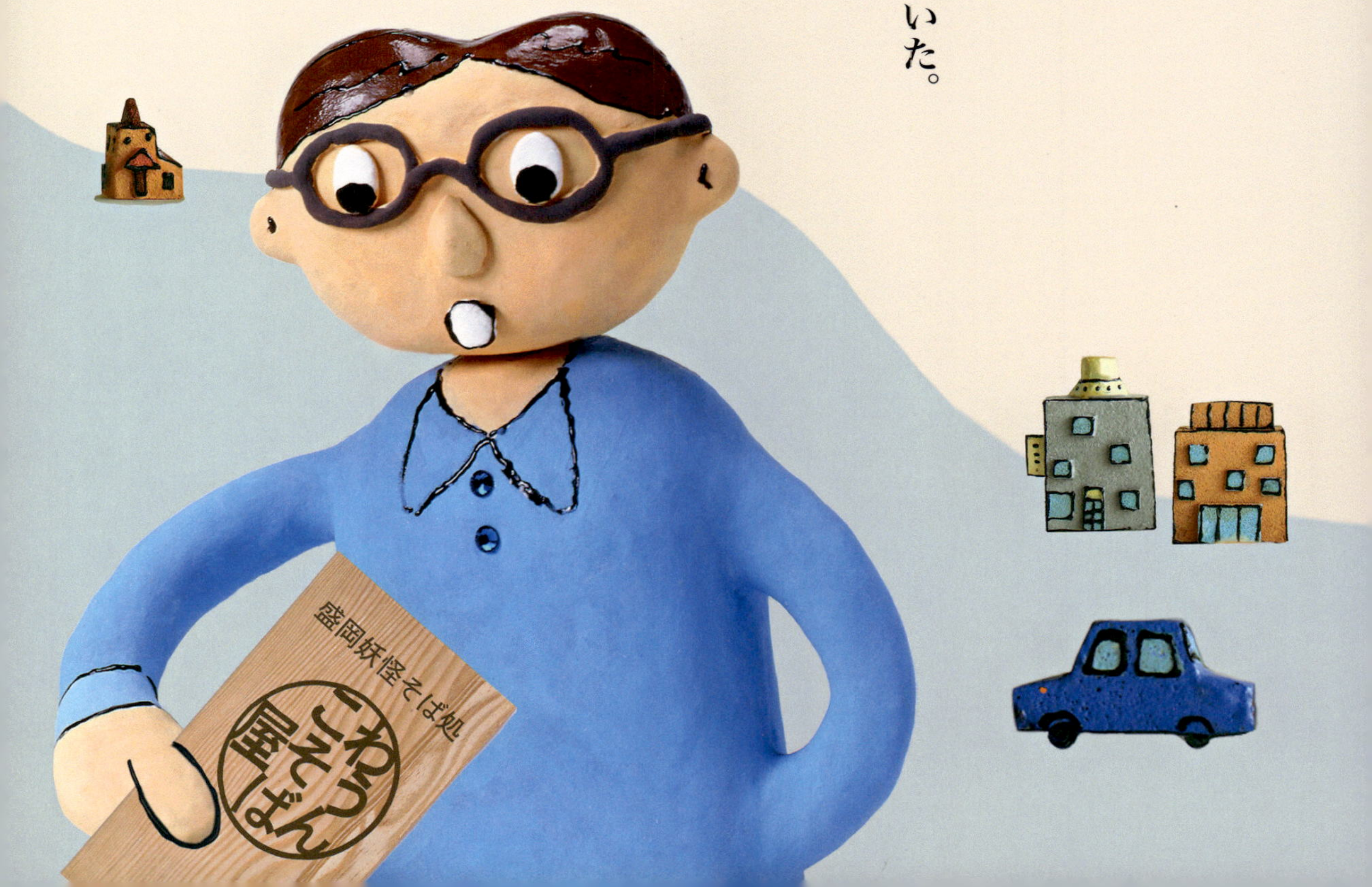

戸渡　阿見（とと　あみ）プロフィール

兵庫県西宮市出身。本名半田晴久。1951年生まれ。同志社大学経済学部卒業。武蔵野音楽大学特修科（マスタークラス）声楽専攻卒業。西オーストラリア州立エディスコーエン大学芸術学部大学院修了。創造芸術学修士（MA）。中国国立清華大学美術学院美術学学科博士課程修了。文学博士（Ph.D）。中国国立浙江大学大学院中文学部博士課程修了。文学博士（Ph.D）。カンボジア大学総長、人間科学部教授。中国国立浙江工商大学日本言語文化学院教授。その他、英国、中国の大学で、客員教授として教鞭をとる。現代俳句協会会員。社団法人日本ペンクラブ会員。小説は、短篇集「蜥蜴」、「バッタに抱かれて」。詩集は「明日になれば」などがある。小説家・長谷川幸延は、親戚にあたる。

戸渡阿見公式サイト　http://www.totoami.jp/　（08.02.21）

いとうのぶや（伊東　宣哉）プロフィール

1956年　京都府生まれ

1976年　「ITU青少年作品コンクール」国際賞第1位
同年武蔵野美術大学造形学部基礎デザイン学科入学

1990年　日本オリンピック委員会キャラクターデザインコンテスト優秀賞

2000年　旧郵政省主催 「21世紀の年賀状額印面デザインコンクール」優秀賞

2002年　文化庁メディア芸術祭にてデジタルアート［ノンインタラクティブ部門・CG静止画］審査委員会推薦作品に選出

2004年　タイ王国大阪総領事館主催「ディスカバリング・タイランド」絵画コンテスト審査員

2006年　9月　ギャラリー80にて「伊東宣哉／葉月慧2人展　流れる花と揺れる人展」開催
11月　日本の鬼の交流博物館にて「流れる花展」開催
日本児童出版美術家連盟会員

戸渡阿見 絵本シリーズ　**わんこそば**

2008年3月18日　初版第1刷発行
2008年4月15日　　　第2刷発行

作 ──── 戸渡阿見
絵 ──── いとうのぶや
発行人 ── 笹　節子
発行所 ── 株式会社　たちばな出版
〒167-0053　東京都杉並区西荻南2-20-9　たちばな出版ビル
TEL　03-5941-2341（代）
FAX　03-5941-2348
ホームページ　http://www.tachibana-inc.co.jp/

デザイン ── 環境デザイン研究所
印刷·製本 ── 共同印刷株式会社

ISBN978-4-8133-2163-7

戸渡阿見の短篇小説が素敵な絵本になりました。

戸渡阿見
絵本
シリーズ

『雨』

迫力があって男らしく、集中豪雨でニュースにもなる“どしゃ降り”さんと、ロマンチックな文学に登場したり、食べ物にたとえられたりする“春雨”さん。お互いをうらやましがる二人が仲良く語らっているところに、突然乱入してきたのは……。

琵琶湖を舞台に、表情豊かな雨たちが繰り広げる、詩情あふれる物語。

作●戸渡阿見　絵●ゆめのまこ
B5変型判・上製本／本文56ページ　定価：1,050円

『チーズ』

少年が、『十勝』と書いてあるチーズを食べようとすると、チーズから赤い液体がにじみ出た。驚く少年の前に、黒髪の怪物が現れる。その正体とは？

チーズから血が出たわけは。少年の運命は……？

摩訶不思議な戸渡阿見ワールドを、存分にご堪能ください。

作●戸渡阿見　絵●ゆめのまこ
B5変型判・上製本／本文72ページ　定価：1,050円

『てんとう虫』

琵琶湖畔の小枝に止まっていたてんとう虫は、聞こえてきた音楽につられて踊り出す。「いったい、この音楽はなんという曲かな」。その音楽は、てんとう虫を喜ばせ、呼び寄せる魔力がある音楽だった。楽しそうに踊る仲間の中で、雌のてんとう虫と出会った彼は……。

湖面を流れる風を感じる、爽快な作品です。

作●戸渡阿見　絵●いとうのぶや
B5変型判・上製本／本文24ページ　定価：840円

『わんこそば』

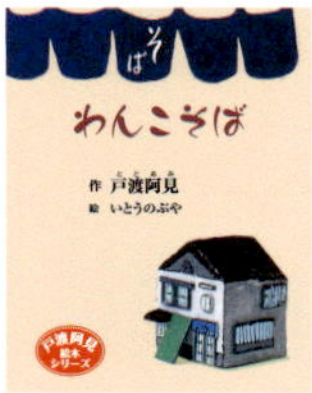

盛岡駅に車を停めて、わんこそばのお店に入った“ぼく”。

お店のお姉さんが出してくれた漆塗りのお椀の蓋を開けると、お椀の底に、金泥で描かれた犬の顔があった！

怖くなって蓋を閉めた“ぼく”が、もう一度蓋を開けると……。

戸渡阿見が綴る、軽妙洒脱な世界。

作●戸渡阿見　絵●いとうのぶや
B5変型判・上製本／本文24ページ　定価：840円

『リンゴとバナナ』

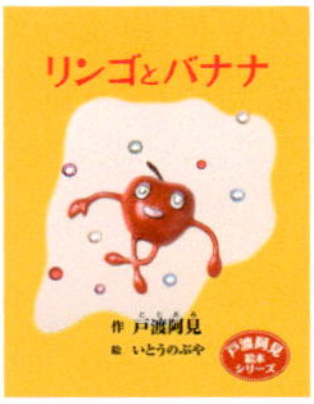

バナナ「足がこむら返りになると、おぼれるぞ」

リンゴ「そんなバナナことにはならんよーだ」

プールを舞台に、リンゴとバナナが繰り広げるギャグの応酬。悩める人も、悩みのない人も、真っ白な気持ちで戸渡阿見ワールドに身を委ねてみてください。きっと幸せな気持ちになれることでしょう。

作●戸渡阿見　絵●いとうのぶや
B5変型判・上製本／本文20ページ　定価：840円

『ある愛のかたち』

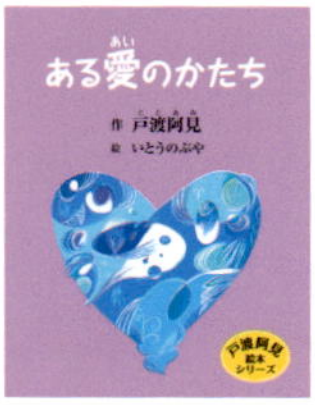

太陽がまぶしい。そこで部屋に戻り、トイレに行った。まぶしかった太陽を思い浮かべていると、ツルツルと気持ち良くうんこが出た。卵を産んだ雌ジャケの周りを、雄ジャケが泳いで白い液をかけるように、黄色いオシッコがあとを追って勢い良く出た。そこから、愛の物語が始まった——。戸渡阿見が紡ぎ出す、崇高な愛の物語。

作●戸渡阿見　絵●いとうのぶや
B5変型判・上製本／本文36ページ　定価：1,050円